CB049767

Título original
La rama

Ilustração
Tetsuo Kitora

Tradução
Horácio Costa

Edição geral
Sonia Junqueira (T&S - Texto e Sistema Ltda.)

Diagramação
Tamara Lacerda

Revisão
Aline Sobreira

AUTÊNTICA EDITORA LTDA.
Editora responsável
Rejane Dias

Belo Horizonte
Rua Aimorés, 981, 8º andar . Funcionários
30140-071 . Belo Horizonte . MG
Tel.: (55 31) 3214 5700

São Paulo
Av. Paulista, 2073 . Conjunto Nacional
Horsa I . 11º andar . Conj. 1101 . Cerqueira César
01311-940 . São Paulo . SP
Tel.: (55 11) 3034 4468

Televendas: 0800 283 13 22
www.autenticaeditora.com.br

Revisado conforme o Acordo Ortográfico da Língua Portuguesa
de 1990, em vigor no Brasil desde janeiro de 2009.

Dados Internacionais de Catalogação na Publicação (CIP)
(Câmara Brasileira do Livro, SP, Brasil)

Paz, Octavio, 1914-1998.
O ramo, o vento / Octavio Paz ; Tetsuo Kitora ,
ilustração ; Horácio Costa , tradução . --
Belo Horizonte : Autêntica Editora, 2012.

Título original: La rama.
ISBN 978-85-65381-70-3

1. Literatura infantojuvenil I. Kitota Tetsuo. II. Título.

12-07227 CDD-028.5

Índices para catálogo sistemático:
1. Literatura infantil 028.5
2. Literatura infantojuvenil 028.5

Octavio Paz

Tetsuo Kitora ilustração

O RAMO, O VENTO

Horácio Costa tradução

autêntica

O ramo

Canta na ponta do pinheiro
um pássaro retido,
trêmulo, no próprio gorjeio.

No ramo, flecha, ergue-se,
desaparece entre asas
e em música derrama-se.

TÜÜIT
TÜÜIT
SAINZA
AS RIV
INVA CH
PASS AN

O pássaro é uma centelha
que canta e queima-se viva
em uma nota vermelha.

Levanto os olhos: não há nada.
Silêncio sobre o ramo,
sobre o ramo quebrado.

VENTO

O vento

Cantam as folhas,
dançam as peras na pereira;
gira a rosa,
rosa do vento, não da roseira.

Nuvens e nuvens flutuam,
adormecidas algas do ar;
com elas todo o espaço gira;
de ninguém, energia.

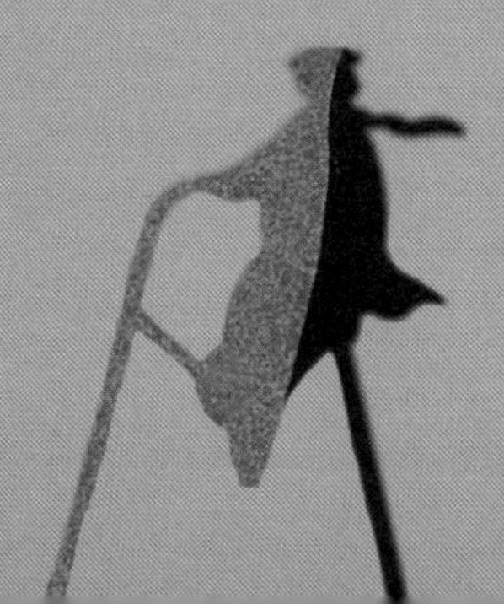

Tudo é espaço;
vibra a haste da papoula
e uma, nua, na corcova
do vento da onda voa.

Eu nada sou,
corpo que flutua, luz, aragem;
tudo é do vento
e o vento é o ar sempre em viagem.

O autor

Octavio Paz (1914-1998) foi um poeta, ensaísta, tradutor, editor e diplomata mexicano. Vencedor do Prêmio Miguel de Cervantes de 1981 e do Prêmio Nobel de Literatura de 1990, é um dos mais importantes intelectuais latino-americanos do século XX, e tanto sua obra poética quanto sua obra teórica são lidas em todo o mundo.

Nascido na Cidade do México, passou a infância nos Estados Unidos. De volta ao seu país, cursou Direito e especializou-se em Literatura. Morou na Espanha, na França, no Japão e na Índia.

Publicou seu primeiro livro, *Luna silvestre*, em 1933, e a partir daí escreveu diversos livros de poesia e de ensaios. Entre suas obras mais conhecidas, estão *O labirinto da solidão* (ensaio, 1950), *Pedra do sol* (poemas, 1957), *Signos em rotação* (ensaio, 1965) e *Blanco* (poemas, 1967).

A ilustradora

Tetsuo Kitora é uma ilustradora japonesa várias vezes premiada no seu e em outros países.

O tradutor

Horácio Costa (1954) é um poeta, tradutor, professor e ensaísta brasileiro, natural de São Paulo.

Publicou, entre outros livros, 28 *poemas / 6 contos* (1981), *Satori* (1989), *O Livro dos Fracta* (1990), *The Very Short Stories* (1991), *O menino e o travesseiro* (1998), *Quadragésimo* (1999), *Ravenalas* (2008), *Ciclópico olho* (2011), além dos livros de ensaio *José Saramago: o período formativo* (1997 e 2003, em espanhol) e *Mar aberto* (2010 e 1998, 1. ed. em espanhol).

É também organizador de antologias com traduções de poetas latino-americanos como José Gorostiza e Octavio Paz.

Foi professor na Universidad Nacional Autónoma de México (UNAM); atualmente, leciona Literatura Portuguesa na Universidade de São Paulo (USP).